# OUVRAGES NOUVEAUX, MAI 1818,

## Qui se trouvent chez BARBA, Libraire, Palais-Royal.

## RÉPERTOIRE DU THÉATRE FRANÇAIS,

Ou Recueil des Tragédies et Comédies restées au théâtre, nouvelle édition, conforme à la représentation, dédiée à la Comédie Française, 6 vol. in-8.  **36 fr.**

Chaque volume contient 6 pièces, et se vend séparément.  6 fr.

Le complément de ce Répertoire paraîtra successivement par deux volumes, un de tragédies et un de comédies.

Ces pièces, qui sont déjà au nombre de quarante, et qui se vendent séparément ( 1 fr. 50 c.), sont imprimées telles que leurs auteurs les ont faites : elles indiquent, en outre, les variantes adoptées aujourd'hui, ainsi que la place que doivent occuper les acteurs au commencement et pendant le cours de chaque scène. Mon intention est d'imprimer toutes celles qui sont restées au Répertoire du Théâtre Français, ou que l'on y remettra. Les jeunes gens, qui se destinent au théâtre, y trouveront toutes les traditions consacrées par le temps.

### Les volumes en vente contiennent :

#### TOME PREMIER, TRAGÉDIES.

Andromaque, de Racine, en 5 actes.
Athalie ; *idem.*
Britannicus, *idem.*
Cid ( le ), de P. Corneille, en 5 actes.
Mariamne, de Voltaire, en 5 actes.
OEdipe, *idem.*

#### TOME II, TRAGÉDIES.

Cinna, de P. Corneille, en 5 actes.
Iphigénie en Aulide, de Racine, en 5 actes.
Mahomet, de Voltaire, en 5 actes.
Manlius Capitolinus, de Lafosse, en 5 actes.
Tancrède, de Voltaire, en 5 actes.
Zaïre, *idem.*

#### TOME III, TRAGÉDIES.

Coriolan, de La Harpe.
Gabrielle de Vergy, de Belloy.
Horaces ( les ), de P. Corneille.
Iphigénie en Tauride, de Guymond de Latouche.
Polyeucte, de P. Corneille.
Rhadamiste et Zénobie, de Crébillon.

#### TOME PREMIER, COMÉDIES.

École des Femmes, de Molière.
Femmes Savantes ( les ), *idem.*
Heureuse Erreur ( l' ), de M. Patrat.
Rivaux d'eux-mêmes ( les ), de Pigaut-Lebrun.
Tartuffe ( le ), de Molière.
Trois Sultanes ( les ), de Favart.

## TOME II , COMÉDIES.

Chevalier à la mode (le), de Dancourt.
Femme Jalouse (la ), de Desforges.
Grondeur (le ), de Brueys et Palaprat.
Mercure Galant ( le ) , de Boursault.
Misanthrope (le ), de Molière.
Projets de Mariage ( les ) , de M. A. Duval.

## TOME III , COMÉDIES.

Barbier de Séville ( le ) , de Beaumarchais.
Dehors Trompeurs ( les ), de Boissy.
Fausses Confidences ( les ), de Marivaux.
Fourberies de Scapin ( les ), de Molière.
Jeux d'Amour et du Hasard ( les ), de Marivaux.
Tartuffe des Mœurs ( le ), en cinq actes , de Chéron.

## SUPPLÉMENT.

| | |
|---|---|
| Abufard , de Ducis. | Warwick , de Laharpe. |
| Othello , *idem.* | Métromanie ( la ), de Piron. |
| Honnête Criminel ( l' ). | Plaideurs ( les ) , de Racine. |
| Phèdre , de Racine. | Fausses Infidélités ( les ) , de Berthe. |

COLLECTION des Costumes de Théâtre au nombre de 460 , à 30 centimes
chaque.      138 fr.

---

**LE GARÇON SANS SOUCI ,** par Pigault-Lebrun. 2 vol. in-12, fig,
deuxième édition.      5 fr.

**L'OFFICIEUX ,** ou LES PRÉSENS DE NOCE , par Pigault-Lebrun. Figures ,
dessin de Chasselat ; et gravé par Couché.      5 fr.

**LES DANGERS DE LA GALANTERIE ,** par l'auteur de la Princesse de
Nevers. 2 vol. in-12, fig. , par les mêmes.      5 fr.

**JOHNN BULL ,** ou l'ILE DES CHIMÈRES , par M. Léger. 3 vol. in-12, figures
dessinées et gravées par les mêmes.      7 fr. 50 c.

**OEUVRES COMPLÈTES DE PIGAULT-LEBRUN ,** 66 vol. in-12,
figures.      Prix , 160 fr.

*Tous les Ouvrages de* PIGAULT-LEBRUN *se vendent séparément.*

| | |
|---|---|
| Adelaïde de Méran , 4 vol. in-12. | 10 fr. |
| Angélique et Jeanneton , 2 vol. in-12, fig. | 5 fr. |
| Barons de Felsheim ( les ), 4 vol. in-12, fig. | 10 fr. |
| Cent vingt jours ( les ) , 4 vol. in-12, fig. | 10 fr. |
| Encore du Magnétisme , | 2 fr. |
| Citateur ( le ) , 2 vol. in-12. | 6 fr. |
| Enfant du Carnaval ( l' ) , 2 vol. in-12, fig. | 5 fr. |
| Famille Luceval ( la ), 4 vol. in-12. | 10 fr. |
| Folie Espagnole ( la ), 4 vol. in-12, fig. | 10 fr. |
| Garçon sans Souci ( le ) , 2 vol. in-12, fig. | 5 fr. |
| Jérôme , 4 vol. in-12. | 10 fr. |
| L'Homme à projets , 4 vol. in-12. | 10 fr. |
| Mélanges littéraires et critiques , 2 vol. in-12. | 5 fr. |
| Mon Oncle Thomas , 4 vol. in-12, fig. | 10 fr. |
| Monsieur Botte , 4 vol. in-12, fig. | 10 fr. |
| Monsieur de Roberville , 4 vol. in-12. | 10 fr. |
| Officieux ( l' ) ou les Présens de noce, 2 v. in-12. figures. | 5 fr. |
| Tableaux de Société , 4 vol. in-12 , portrait. | 10 fr. |
| Théâtre et Poésies , 6 vol. in-12. | 12 fr. |
| Une Macédoine , 4 vol. in-12. | 10 fr. |

# BABOUKIN,

## OU

# LE SÉRAIL EN GOGUETTE,

VAUDEVILLE EN UN ACTE,

Par MM. MERLE, LAFORTELLE ET ***.;

Représenté, pour la première fois, sur le Théâtre des Variétés, en 1813, et sur celui de la Porte St.-Martin, le 22 mai 1818.

## SECONDE ÉDITION.

## PARIS,

CHEZ J.-N. BARBA, LIBRAIRE,

Éditeur des Œuvres de PIGAULT-LEBRUN,

PALAIS-ROYAL, DERRIÈRE LE THÉATRE FRANÇAIS, N°. 51.

De l'Imprimerie de HOCQUET, rue du Faubourg Montmartre, n°. 4.

## 1818.

*PERSONNAGES.*      ACTEURS.

BABOUKIN, riche marchand
d'esclaves et fournisseur du
sérail, vieux et avare . . M. *Potier.*

FONROSE, jeune officier français . . . . . . . . M. *Constant.*

GERMAIN, valet de Fonrose. M. *Moëssard.*

MANCOUFF, viel eunuque. M. *Pascal.*

TAHER, esclave, jardinier
de Baboukin . . . . . M. *Notaire.*

ALINE, amante de Fonrose,
esclave de Baboukin. . . Mad. *Florval.*

Soubrette d'Aline . . . . Mlle. *Letourneur.*

Esclaves de Baboukin.

Femmes du harem de Baboukin.

Arméniens déguisés en jannissaires.

# BABOUKIN,

## ou

# LE SÉRAIL EN GOGUETTE,

### Vaudeville en un Acte.

*Le théâtre représente l'intérieur d'un beau jardin turc. Le théâtre est fermé par un petit mur qui laisse apercevoir la mer et la ville de Constantinople dans le lointain. A droite, sur le devant de la scène, est un harem, dont les fenêtres donnent sur le jardin ; à gauche est un kiosque. Dans le fond, du même coté, est la porte d'entrée du jardin.*

## SCENE PREMIERE.

### TAHER seul, *tenant un rateau.*

Tout dort encore dans le sérail. Voici l'heure où j'ai promis d'introduire deux Français dans le harem du seigneur Baboukin. Deux Français ! c'est cent fois plus d'étourderie, d'indiscrétion et de témérité qu'il n'en faut pour nous perdre tous trois. Mais je n'ai vraiment rien à me reprocher, j'ai fait une belle résistance.

Air : *La bonne aventure.*

J'ai su ralentir d'abord
Leur course imprudente,
Mais ils sement des grains d'or
Dont l'aspect me tente.
Et malgré moi subjugué,
Je dis au sérail, morgué,
Arrive qui plante, ô gué,
Arrive qui plante.

Allons, puisque j'ai donné ma parole... Si j'avais pu cependant en tirer quelques sequins de plus... Je me laisse aller trop facilement... Mais on vient, je crois.

## SCENE II.

### FONROSE et GERMAIN , *en dehors ;* TAHER.

FONROSE et GERMAIN.

Air : *Vaud. de Gilles en deuil.*

Mon cher Taher double de zèle ,
Sans scrupule tu peux ouvrir
Le lieu qui contient mainte belle ,
Aux joyeux enfans du plaisir.

TAHER , *en ouvrant.*

Quelle loi l'on me fait enfreindre.
Messieurs , ne criez pas si fort ;
Au sérail , surtout on doit craindre
De réveiller le chat qui dort.

FONROSE , GERMAIN.

Ami , je rends grâce à ton zèle ;
C'est fort bien fait à toi d'ouvrir ,
Le lieu qui contient mainte belle ,
Aux joyeux enfans du plaisir.

TAHER.

Je me reproche un peu mon zèle :
Car il est imprudent d'ouvrir
Le lieu qui contient mainte belle ,
Aux joyeux enfans du plaisir.

FONROSE.

Ne perdons pas de tems , et conduis·nous vîte dans l'intérieur... Qui peut t'arrêter ?

TAHER.

Savez-vous , Monsieur , que je joue gros jeu, et j'avais bien
raison d'avoir des scrupules.

GERMAIN.

N'avions-nous pas des sequins ?

TAHER.

J'en ai encore beaucoup.

GERMAIN.

Nous n'en avons plus guère.

TAHER.

Tant pis, seigneur Français.

GERMAIN.

Le passé te répond de l'avenir ; nous avons les plus belles es-
pérances; ne sais-tu pas que mon maître, qui a rendu des ser-
vices importans au grand-seigneur, a droit de compter sur sa
munificence et sur sa protection.

TAHER.

Sans cela aurais-je jamais consenti.

GERMAIN.

Au moment où son oncle l'appelait en France, lui et sa chère cousine, et promettait de les unir par un bon mariage , de cruels pirates lui ont enlevé en mer l'objet de ses vœux. Rendu à la liberté, mon maître parcourt tous les harems où il peut pénétrer, pour s'assurer si son Aline n'y serait pas: il ne veut que la voir et mourir. N'est-il pas vrai, monsieur, que vous ne voulez que la voir et mourir?

FONROSE.

Je n'ai pas d'autre ambition.

TAHER.

Dès que vous ne voulez que la voir et mourir, on peut vous procurer ce plaisir-là. Mais d'abord il faut que vous alliez revêtir le costume d'un jardinier maltais.

FONROSE.

La métamorphose est plaisante , un militaire jardinier !

Air : *Ah ! que de chagrins dans la vie.*

Ce métier n'est point mon partage,
J'y suis tout à fait étranger ,
Mars n'entend rien au jardinage ;
Apollon seul se fit berger.

GERMAIN.

Ah ! vous serez, monsieur, j'aime à le croire,
Le modèle des jardiniers ;
C''est par les soins des enfans de la gloire ,
Que naissent par tout les lauriers.

TAHER.

Il faudra vous plier à votre nouvel état. C'est pénible , j'en conviens ; mais aussi vous voulez être introduit chez le seigneur Baboukin , premier fournisseur des harem du Grand-Seigneur ; le plus rigide observateur de la loi du Prophète, qui a transcrit cent fois l'Alcoran, et qui le pratique à un tel point , qu'il n'a jamais aperçu la couleur, ni respiré le parfum d'aucune liqueur bachique,

GERMAIN , *à part.*

D'aucune liqueur bachique ! c'est bon à savoir.

TAHER.

Courez donc.

FONROSE.

Air : *Va tout préparer pour la fête.*

Oui, dans ma course diligente,
Je vole et je reviens après,
Pour reconnaître chaque plante
Qui pare ces jolis bosquets.

GERMAIN.

La fleur qui vous est la plus chère,
Va bientôt paraître à vos yeux,
Et vous rencontrerez, j'espère,
Beaucoup de simples en ces lieux.

TAHER.

Dans votre course diligente,
Volez et revenez après,
Pour reconnaître chaque plante
Qui pare ces jolis bosquets.

( *Fonrose et Germain sortent.* )


# SCENE III,

### TAHER seul.

Les voilà partis ! Il était tems, car j'aperçois Mankouf, le
redoutable chef des Eunuques.... Puisse-t-il n'avoir rien vu ?


# SCENE IV.

### TAHER , MANKOUF , deux Muets.

MANKOUF.

Tu parlais à quelqu'un, tout-à-l'heure ?

TAHER.

Qui ? moi ! seigneur Mankouf.

MANKOUF.

Oui, toi.

TAHER.

Vous vous trompez, je vous assure.

MANKOUF.

Je ne me trompe pas, j'y vois clair.

TAHER, *à part.*

Que trop, comme tous les gens de son état. ( *haut.* ) Vous
auriez vu entrer ?...

MANKOUF.

Non, je n'ai pas vu entrer, mais j'ai vu sortir. Qui
était-ce ?

TAHER.

Un jardinier expert, à ce qu'il dit, et qui offrait de remplacer celui que le seigneur Baboukin a perdu l'autre jour.

MANKOUF.

Tu mens.

TAHER, *désignant les muets.*

Demandez plutôt.

MANKOUF, *interroge les muets, qui font signe qu'ils n'ont rien vu.*

Ils s'entendent tous ici.

Air : *Que d'établissemens nouveaux.*

Autour de moi, de tous côtés,
Dans le doûte où chacun me plonge,
J'ai beau chercher la vérité,
Je ne trouve que le mensonge.
Par crainte ou par amusement,
Ce sont tous des menteurs insignes,
Les femmes mentent en parlant,
Et les muets mentent par signes.

Mais j'entends le seigneur Baboukin.

# SCENE V,

### Les Mêmes, BABOUKIN, Muets.

MANKOUF, *respectueusement.*

Sa Seigneurie a-t-elle achevé sa sieste ?

BABOUKIN.

Oui.

MANKOUK.

Sa Seigneurie veut-elle qu'on lui présente sa pipe ?

BABOUKIN.

N on

MANKOUF.

Sa Seigneurie approuve-t-elle l'envoi que j'ai fait en son nom, au harem du pacha du Caire, de cinq jeunes Portugaises et deux Mexicaines ?

BABOUKIN.

Oui, l'affaire n'est pas mauvaise. 75 pour cent de bénéfice.

MANKOUF.

Les sorbets sont préparés dans ce kiosque, sa Seigneurie veut-elle?...

BABOUKIN.

Non, j'ai de l'humeur qu'il faut que j'évapore : je suis furieux contre un sot, un ignorant, un traître...

MANKOUF.

Nommez, Seigneur, celui qui a pu vous offenser; et je vais...

BABOUKIN.

Ce sot, cet ignorant, ce traître...

MANKOUF.

C'est?...

BABOUKIN.

Toi.

MANKOUF.

Moi, j'aurais eu le malheur...

BABOUKIN.

De me déplaire souverainement. Tu m'as fait faire l'emplette d'une jeune Française fort jolie, et qui me sourit véritablement, mais qui a la manié d'éclater de rire toutes les fois qu'elle me regarde. Les seules faveurs que j'en ai obtenues jusqu'à présent, c'est d'avoir eu ma pipe cassée et un sorbet sur mon caffetan de brocard d'or; voilà tout ce que j'ai remboursé des mille sequins que j'ai donnés pour elle.

MANKOUF.

Sa Seigneurie veut-elle se défaire de cette esclave.

BABOUKIN.

Jamais. D'ailleurs, m'en offrira-t-on ce qu'elle m'a coûté? Ce sera encore une non-valeur comme tant d'autres.

MANKOUF.

Comment! cette Française...

BABOUKIN.

Je n'en ai pas, te dis-je, obtenu un mot de douceur (*A Taher.*) Mes coussins. (*Les muets apportent les carreaux.*) Tu conviendras que c'est dur; je raffole de cette petite, et ses refus... (*à Thaer.*) Ma pipe. (*Un muet, le genoux en terre, lui présente sa pipe.*) Me font fumer... et puis, effronté menteur, tu m'as assuré qu'elle n'avait jamais aimé.

MANKOUF.

Je ne crois pas, seigneur.

BABOUKIN.

J'en ai des preuves. L'autre jour, m'étant blotti derrière elle, comme elle se promenait dans mes jardins, ne l'ai-je pas vue s'arrêter devant une fleur d'Europe, la cueillir, soupirer et chanter: Bouton de rose! Or, une femme qui a chanté: Bouton de rose! est une femme qui a aimé ou qui aime.

MANKOUF.

Je ne m'en suis pas apperçu.

BABOUKIN.

Eh bien, Mankouf, prends-y garde. Va l'engager à me bien

recevoir, parce que si elle ne respecte pas davantage le maître qui l'a achetée, tu n'en seras pas le bon marchand, et tu en paiera la folle-enchère.

Air : Vaud. de Partie carrée.

Si désormais elle rit à ma face,
N'espère pas obtenir ton pardon ;
De cette belle une seule grimace
Te voudra vingt coups de bâton.
De ses rigueurs je te rends responsable,
Et du bâton, pour arrêter l'essor,
Il faut enfin qu'elle me trouve aimable.

MANKOUF.

Je suis un homme mort.

(Il sort.)

# SCÈNE VI.

## BABOUKIN, TAHER.

BABOUKIN.

Approche ici, Taher.

TAHER.

Seigneur Baboukin, ton humble esclave est à tes ordres.

BABOUKIN.

J'ai jeté les yeux sur toi. Je veux que tu montes en grades, tu ne seras pas ingrat, toi, comme Mankouf.

TAHER.

Votre pemier eunuque?

BABOUKIN.

C'est pourtant moi qui l'ai fait ce qu'il est, et le petit drôle ne m'en a pas la moindre obligation. Aussi je le comprendrai dans mes suppressions, et quelque jour j'adjoindrai sa place à la tienne ; d'autant plus qu'elle ne peut pas occuper un homme tout entier.

TAHER.

Qui? moi, Seigneur?

BABOUKIN.

Je veux t'élever à cette condition, te dis-je.

TAHER, à part.

Aie! aie! c'est la condition que je n'aime guère.

Baboukin. B

Air: *Daignez m'épargner le reste.*

Seigneur, c'est trop me protéger ;
Souffrez que je vous remercie.
D'un bien qui n'est pas sans danger,
Je n'accepte qu'une partie.
Ne prodiguez pas vos présens,
J'ai bien assez, je vous proteste,
Des habits et des ornemens,
Des honneurs, des appointemens :
Daignez m'épargner le reste.

### BABOUKIN.

Tu es bien difficile. Au surplus, j'aurai toujours soin de toi, si tu continues à cultiver ces jolies fleurs, qui font faire des exclamations à la Française. A propos, j'avais dit qu'on remplaçât l'esclave qui s'y entendait si bien.

### TAHER.

Un autre jardinier, Maltais, doit venir aujourd'hui même.

### BABOUKIN.

Bon, à vous deux, vous mettrez tout en état, et n'oubliez aucune fleur : rose, coquelicot, jasmin, jonquille, pas-d'âne, œillet d'Inde, oreille d'ours, entends-tu? Ce que c'est que l'amour !

Air : *de Marianne.*

Je repoussai toujours en brave,
Le trait que ce dieu me lança,
Mais aujourd'hui, je suis l'esclave
De cette jeune esclave là.
    Oui, dès demain,
    Sans examen,
Elle sera madame Baboukin.
    Amant fidèle,
    Je veux près d'elle,
    Que chaque fleur,
Lui peigne ma fraîcheur :
Et de chaque plante, pour elle,
Ornant mes jardins tous les jours,
Je veux lui faire faire un cours
    D'histoire naturelle.

### TAHER.

Seigneur Baboukin, ton humble esclave t'obéira.

*(Il sort.)*

# SCENE VII.

### BABOUKIN, Deux Muets.

##### BABOUKIN.

*(Il fait signe aux Muets de lui apporter son grand livre.)*
Il est tems de m'occuper de mon négoce, car sur l'article
des femmes, je suis terriblement arriéré. ( *Il lit.* ) « Corres-
» pondance... Ispaham, Bagdad, Aboukir, Tripoli.» De tous
côtés, même demande : on ne veut plus que des étrangères. En
fait de femmes, nulle n'est prophète en son pays  « Article
» débit. Le neuf de la lune, expédié pour Azam en Perse, dix
» esclaves première qualité, même âge, même taille. Obser-
» vations. Le commissionnaire Assababa prétend que sur les
» dix tailles, il y en avait une moins fine que les autres. »
Qu'il s'arrange, je ne réponds pas des accidens qui surviennent
en route... « Article échange : le confrère Aldrouboudon, me
» propose encore douze yeux noirs pour douze yeux bleus,
» ornés de leurs sourcils. » Non, non, qu'il garde ses yeux noirs,
je garderai mes yeux bleus; on ne m'attrape pas deux fois : il
ne m'en a livré que onze par le dernier envoi, le douzième
était un œil d'émail, j'y ai vu clair... d'ailleurs, dans toutes ces
affaires-là, il y a toujours du louche. Passons à l'état présent
de mon barem. N°. 1 : Chanteuse de Clam en Barbarie, bonne
à placer dans les concerts en plain air. N°. 2. Petite danseuse
bergamasque. Ce soir elle me donnera un échantillon de ses
talens. N°. 3. Romancière anglaise. Que diable faire de ça ! ça
s'est vendu; mais ça ne se vend plus. N°. 4. Française jeune
et jolie, c'est différent. Prions Mahomet pour qu'il fasse en sorte
qu'elle m'adore. ( *Il s'agenouille sur ses carreaux, croise les
mains sur sa poitrine et adresse une prière à Mahomet.*) Alla,
alla Salaïm, alla, alla. (*Au dernier alla il tombe le nez par
terre.* )

# SCENE VIII.

### BABOUKIN, MANKOUF, un peu après, TAHER.

##### BABOUKIN.
Ah ! te voilà, Mankouf.

##### MANKOUF.
Ouf! seigneur Baboukin, je quitte la jeune esclave.

Air :

Non : jamais Française aussi belle ,
N'attira justement vos vœux,
Elle est encor un peu cruelle ,
Mais sa fierté lui sied au mieux ;
J'ai vanté votre complaisance ,
Son orgueil a paru céder ,
Et jugez de mon éloquence .
Ellt veut bien vous regarder.

BABOUKIN.

Sans rire ! O Mahomet ! je te rends grâce, si toute fois c'est ma prière qui me vaut ça.

TAHER.

Seigneur , le jardinier maltais et son garçon.

BABOUKIN.

Installe-le dans ses fonctions. ( *à Mankouf.* ) Viens, Mankouf ; en passant, nous choisirons dans le garde-meuble des bijoux pour Aline ; ils seront à elle tant qu'elle sera à moi. Les bijoux ne sont pas indifférens pour se faire bien venir du beau sexe en général , et même en particulier.

*(Mankouf et Baboukin sortent.)*

# SCENE IX.

TAHER , FONROSE , *en jardinier et* GERMAIN *de même ; il a de plus un pannier de vin.*

TAHER , *ouvrant à Fonrose.*
Entrez vîte. De la prudence , surtout.

GERMAIN.

Va , mon cher Taher , nous n'en manquons pas plus que de prévoyance , et ce panier en est la preuve.

TAHER.

Par Mahomet ! M. Germain, je n'ai pas encore vu de vases de cette forme là. Que contiennent-ils donc ?

GERMAIN.

Un spécifique universel et inconnu dans ces climats.

TAHER.

Eh ! mais, à quoi pensais-je donc ? je vous introduis ici comme jardinier , et je ne songe pas que ni le maître, ni le garçon n'ont seulement pas un instrument du métier.

Air : *du Cabaret.*

Ne bougez point , je me dépêche ;
Je sais ce qui convient à tous.

( *à Fonrose.* )

A monsieur , il fautune béche.

( *à Germain.* )

Est cet arrosoir est pour vous.

GERMAIN.

( *Il montre le panier de vin de champagne.*)

Outre celui que tu présentes ,
Ceux que contiennent ce panier ,
Lorsque j'arroserai les plantes ,
Arroseront le jardinier.


# SCENE X.

## FONROSE , GERMAIN.


FONROSE.

Enfin , voilà nos affaires en bon train , pourvu , cependant
qu'on ne t'ait point trompé , et que mon Aline soit bien réelle-
ment dans ce harem.

GERMAIN.

Comment ! Monsieur , vous en doutez encore ? quand j'ai
la parole d'honneur du renégat qui l'a vendue.

FONROSE.

La trouverai-je toujours dans les mêmes sentimens à mon
égard ?

*Vaud d'Agnès Sorel.*

S'il est trop vrai qu'en sa présence;
On a trompé plus d'un amant ,
Qui peut garantir la constance
D'un objet dont on est absent.
Ailleurs , souvent dupe des belles ,
Il serait neuf , en vérité ,
De trouver la fidélité
Dans le pays des Infidèles.

GERMAIN.

Autant là qu'ailleurs.

FONROSE.

Mais j'ai bien une autre crainte. Ne m'as-tu pas dit qu'avant
d'être à ce vieux fournisseur du sérail, mon Aline avait appar-
tenu à plusieurs maîtres ?

**GERMAIN.**

Ah ! Monsieur, quels maîtres ! le premier est le corsaire qui
l'avait prise : vieil avare , qui , toujours la pipe à la bouche et
la plume à la main , aurait craint d'altérer son salaire en appro-
chant des charmes d'Aline, dont il calculait le produit. Le second est Alibachi, autre corsaire , ivrogne s'il en fut , et qui
préférerait un verre de rhum aux plus tendres caresses  Le troi-
siéme enfin , n'était-il pas cet Aboulcasem , renégat effronté ,
joueur intrépide ; un coup de dez l'en rendit maître, un coup
de dez la lui ravit , il ne l'eut en son pouvoir que le tems que
dura la partie. Enfin , la voici chez ce vieux rêtre de Baboukin,
dont l'âge doit vous laisser dans une sécurité parfaite. Que n'en
puis-je dire autant de Suzette ! mais elle n'a pas l'air imposant
de sa maîtresse , et je crains bien...

**FONROSE.**

Je me plais à te croire. Il n'est pas de moyen que je n'em-
ployasse pour l'arracher d'ici , fallut-il armer tous les Arméniens qui sont à mon service.

**GERMAIN.**

Pour nous faire reconnaître de nos belles , commencez la
barcarole qu'elles connaissent, et que nous chantions à bord
du Sagittaire.

**FONROSE.**

Air : *Ne désespérons de rien.*

Tandis que l'hymen sur terre,
N'est qu'un triste casanier ;
De capitaine corsaire ,
L'amour a pris le métier ,
Il laisse dans sa croisière ,
Passer tout vieux bâtiment ,
Mais sur corvette légère ,
Le fripon , cingle à l'instant .
   Combattant,
   Vaillamment ,
A l'abordage, gaîment ,
Ce qu'il attaque , il le prend.

**GERMAIN.**

*Même air.*

Il brave tous les orages ,
Sous l'étoile de Vénus ,
Et préfère des parages ,
Que d'autres n'ont jamais vus ;
Jamais rien ne déconcerte
Cet intrépide forban ,
Courir à la découverte ,
Est son plaisir le plus grand ;

Combattant ,
Vaillamment,
A l'abordage , gaîment ,
Ce qu'il attaque il le prend.

ENSEMBLE.

Combattant ,
Vaillamment , etc.

*(Aline et Suzette paraissent à leur balcon.)*

GERMAIN.

Eh bien ! Monsieur , en croirez-vous Germain ?

FONROSE.

Air : *du nouveau Dom Quichotte.*

O ma charmante amie ,
Je te revois enfin !

ALINE.

Pour mon âme ravie ,
Ah ! quel heureux destin !

FONROSE.

Le sort long-temps barbare ,
A mes yeux vient t'offrir.

ALINE.

Crains qu'il ne_nous sép are , ,
Au lieu de nous unir.

FONROSE , *montant au balcon.*

Non , rien ne nous sépare ;
L'amour vient nous unir.

( *Les quatre ensemble.*

Ne songeons qu'au plaisir.

GERMAIN.

Oh ! la fleur des soubrettes !
M'as-tu gardé ta foi ?

SUZETTE.

De combien d'amourettes ,
As-tu subi la loi ?

GERMAIN , *montant au balcon.*

Pour nous expliquer ma chère,
Près de toi , je vais venir.

SUZETTE.

Prudemment , sachons nous taire.

( *Les quatre ensemble.* )

Ne songeons qu'au plaisir.

# SCENE XI.

**Les Mêmes, BABOUKIN, MANKOUF**, *à une fenêtre du second étage*, **TAHER**, *sur le théâtre.*

BABOUKIN.

On fait l'amour à mon nez ! on fait l'amour à ma barbe !

MANKOUF.

Faire l'amour ! est une chose que je ne conçois pas.

BABOUKIN.

Rentrez, perfides odalisques. Et vous, ne vous inquiétez pas ; votre affaire sera bientôt faite ; j'en réponds sur ma tête.

( *Baboukin. Mankouf, Aline et Suzette rentrent.* )

FONROSE.

Germain, suis-moi.

( *Il s'échappe par la porte que Taher a laissé ouverte, Germain veut le suivre, des muets lui barrent le passage.* )

GERMAIN.

Voilà bien les maîtres.

# SCENE XII.

**GERMAIN, TAHER, Esclaves, Muets.**

TAHER, *revenant a lui, et montrant les muets.*

C'est fait de moi ! et quand je leur offrirais l'or que le français m'a donné, des muets ça n'entend rien.

GERMAIN, *ayant réfléchi.*

Allons, Germain, de l'audace et du front ! souviens-toi que Bacchus est un dieu méconnu dans ce sérail : mets à profit cette heureuse ignorance ; pour un valet, tu feras un coup de maître. Rions, chantons et buvons. Ah ! ah ! ah.

TAHER.

Il rit ! Chez ces diables de français, le rire est inextinguible. ( *A Germain.* ) Au moment de mourir.....

GERMAIN.

Hein ? que parles-tu de mourir ?

TAHER.

J'en parle, parce qu'on nous en a menacés, et que dans ce pays-ci, on ne nous fait pas attendre.

GERMAIN.

Quand cinq cents muets m'offriraient le cordon, je les re-
garderais sans rien craindre.

TAHER.

Ils ne lui en donneraient pas le tems.

GERMAIN.

Grâce au spécifique dont j'ai su me munir, et dont mon
maître a fait usage.....

TAHER.

Qu'est-il donc devenu, votre maître ?

GERMAIN.

Sans doute la vertu du spécifique l'aura fait disparaitre.

TAHER.

Est-il possible ? Donnez, donnez, que j'en boive promp-
tement.

GERMAIN, *lui présentant une bouteille.*

Tiens.

TAHER, *après avoir bu.*

Air : *un Chanoine de l'Auxerrois.*

Autrefois, chez un renégat.
De ce jus, qui sent le muscat,
J'ai bu, j'en ai la mémoire :
Et même, après en avoir bu,
S ous la table, j'ai disparu,
A ce que dit l'histoire.
Aujourd'hui, j'ai vraiment besoin
Qu'il m'emporte encore plus loin :
Et zon, zon, zon,
   Que ce jus est bon,
A longs traits, j'en veux boire.

*( Les muets s'approchent, et, par leurs signes, témoignent*
*qu'ils veulent goûter de la liqueur.)*

GERMAIN.

*Même air.*

Si ces muets n'entendent rien,
Ah ! du moins, ils sentent très bien,
A ce que je puis croire ;
Certain sourire affectueux,
Vient adoucir l'aspect hideux
De leur figure noire.

*( Il leur distribue du vin. )*

*( aux muets.)*
Buvez, mes amis, buvez tous.

*( à Taher. )*
Nous, chantons pour eux et pour nous.

Baboukin.                          C

( *ensemble.* )

Et zon , zon , zon , etc.

GERMAIN.

Air : *du Carillon.*

Qu'un rigodon ,
Vienne couronner la fête.
Dansons en rond ,
Un entrechat par flacon.

TAHER.

Si c'est ainsi ,
Que mon supplice s'apprête ,
J'attends ici ,
Pareils tourmens , sans souci,

TAHER , GERMAIN.
Qu'un rigodon , etc,

( *Ils chantent, et les muets dansent en rond en tenant chacun
un flacon.* )

# SCENE XIII.

## Les Mêmes , BABOUKIN , MANKOUF.

*Même air.*

Que voyons nons.

MANKOUF.

Quelle insulte au grand prophête !
Je crois que tous ,
Par la peur sont rendus fous.

TAHER , GERMAIN.
Qu'un rigodon , etc.

MANKOUF , BABOUKIN.

Dans la/ma maison.

Jamais on n'a vu de fête :
Ce carillon
Déshonore la/ma maison.

MANKOUF.

Seigneur Baboukin , faisons-les tous empaler, c'est le moyen
le plus doux.

BABOUKIN.

Un moment , Mankouf, un moment. Tu dis que la peur les
ait extravaguer. Pour ceux qui vont périr, c'est à merveille,

ceux-là peuvent se divertir. Mais les muets ne doivent pas avoir peur, et tu as dû remarquer comme moi la danse des muets. Or, il y a certainement là quelque chose d'extraordinaire, je dirai même de surnaturel, dont je veux avoir la clef?

MANKOUF.

Je ferai observer au seigneur Baboukin....

BABOUKIN.

L e seigneur Baboukin t'ordonne de te taire. ( *A Germain.* ) Réponds, criminel homme, qui te tient si fort en joie dans la circonstance sérieuse, car elle est sérieuse la circonstance où tu te trouves?

GERMAIN.

Jamais je n'eus tant sujet de me réjouir.

BABOUKIN.

Voilà, par exemple, une grande bête; Mankouf, la tête n'y est déjà plus : tu as raison.

MANKOUF.

Je vous dis, seigneur Baboukin......

BABOUKIN.

Paix! silence! ( *A Germain.* ) Je veux savoir de toi ce que contiennent ces vases qui me sont inconnus.

GERMAIN.

Ils me furent donnés par un brame de Bénarès, que j'eus le bonheur de tirer d'une citerne profonde où il était tombé en adressant une prière à Brama ; c'est lui qui composa ce spécifique, et qui renferma dans chacun de ces flacons une vertu particulière.

BABOUKIN.

Un brame de Bénarès ! c'est comme un derviche musulman.

MANKOUF.

Ou plutôt quelqu'imposteur, seigneur Baboukin.

BABOUKIN.

Tu ne te tairas pas, Mankouf ? ( *Aux muets.* ) Holà ! vous autres. ( *A Mankouf.* ) Les muets vont t'apprendre à parler. ( *Il fait signe à deux muets de se placer derrière Mankouf.* ) ( *A Germain.* ) Poursuis.

GERMAIN.

Ces flacons, seigneur Baboukin, ont tous différens charmes.

Air : *Le soir aprés pénible ouvrage.*

Semant partout des fleurs nouvelles,
Ce philtre heureux charme nos jours ;
Par lui, des couleurs les plus belles,
L'horizon se pare toujours ;
Dans une aimable indépendance ;
Il laisse errer la volonté ;
Il fait qu'on rit, on chante, on danse ;
C'est l'élixir de la gaîté.

BAROUKIN.

J'en veux goûter à l'instant même,
Que l'on débouche ce flacon,
Je suspends mon arrêt suprême,

( *à Germain* )

Et tu seras mon échanson.

( *Il s'assied sur des coussins ; les muets lui apportent une coupe, et Germain lui verse à boire.* )

MANKOUF.

Seigneur Baboukin, ne buvez pas.

( *Baboukin irrité, fait signe aux muets d'appliquer deux coups de plat de sabre sur les épaules de Mankonf.* )

MANKOUF, *se sentant frapper.*

Qui sont les insolens ?....

BABOUKIN.

C'est par mon ordre.

MANKOUF.

La volonté de sa seigneurie soit faite.

BABOUKIN.

Je te dis de te taire. ( *a Germain.* ) Encore un coup. ( *Germain lui verse à boire.* ) Il a ma foi raison, ce breuvage délicieux, dont je n'avais jamais goûté, me met hors de moi-même. O prodige ! il me prend des trépignemens, des envies de danser : c'est miraculeux.

GERMAIN.

Que diriez-vous du second spécifique !

BABOUKIN.

Quelle vertu a-t-il ?

GERMAIN.

*Méme air.*

Heureux appui de la vieillesse,
Il s'oppose à l'effort du tems ;
Il entretient, vigueur, souplesse,
Et doux accord dans tous les sens.

> Conservant la même énergie,
> On arrive jusqu'à l'été :
> Puis on recommence sa vie ;
> C'est l'élixir de la santé.

MANKOUF, *à part.*

> O Mahomet ! divin prophète !
> N'use pas de sévérité.

BABOÉKIN, *tendant sa coupe.*

> De la santé, c'est la recette,
> Buvons, buvons à ma santé.

MANKOUF.

O Mahomet ! Mahomet !

( *Deux coups de plat de sabre lui coupent la parole.* )

BABOUKIN, *tendant sa coupe.*

Encore de la santé ! Quand on prend de la santé, on n'en saurait trop prendre.

GERMAIN, *à part.*

Cette santé-là me rend la vie.

BABOUKIN.

Je me sens déjà dix ans de moins. Si je rajeunis comme ça tous les quart-d'heures, je me trouverai bientôt en enfance.

TAHER, *à part.*

Je crois que ça ne tardera pas.

GERMAIN.

Troisième et dernier spécifique.

*Même air.*

> Offrant des bieus de mille espèces,
> Il nous donne des traits charmans,
> Puis il nous livre les richesses,
> Et l'autorité des sultans.
> On est aimé de chaque belle,
> Sans craindre d'infidélité,
> Et voilà pourquoi je l'appelle
> L'élixir de la volupté.

BABOUKIN.

Ah ! pour le coup, à boire ! à boire !

MANKOUF.

J'embrasse vos genoux, ne buvez pas, seigneur Baboukin. Alcoran, 34ᵉ. verset.

BABOUKIN, *chantant.*

Versez, versez toujours. ( *Il boit d'une main, et de l'autre il fait signe aux muets de frapper Mankouf.* ) C'est divin !

c'est enchanteur ! ( *Il se laisse tomber à terre.* ) Qui m'a transporté dans une autre region ? Allons, que ce jour ne ressemble pas aux autres : qu'on s'amuse au sérail.

GERMAIN.

C'est ça, jeux, plaisirs, fête générale.

BABOUKIN.

C'est ça, et qu'il y ait beaucoup de gaîté, de la santé, de la volupté et du spécifique. ( *Les muets l'aident à se relever.* ) Et qu'on obéisse au brame de Bénarès.

TAHER.

Voilà le breuvage qui fait des siennes.

BABOUKIN.

Air *du Pas redoublé.*

Je veux que ces ombrages verts<br>
Brillent de mille flommes ,<br>
Et que mes jardins soient onverts<br>
Aux esclaves, aux femmes ;<br>
Que chaque belle sans effroi<br>
Ici vienne en cadence :<br>
Déjà tout tourne autour de moi ,<br>
Je veux que tout y danse.

MANKOUF.

Les femmes sont libres ! Voilà tout sens dessus dessous dans le sérail.

# SCENE XIV·

**BABOUKIN, MANKOUF, GERMAIN, ALINE, Odalisques.**

( *Les esclaves apportent des lanternes de différentes couleurs, qu'ils placent autour du théâtre.* )

## BALLET.

ALINE , *chante en dansant.*

( *On entend en dehors la marche des janissaires sur l'air des fetes d'Eleusis.* )

Air :

Sultan sauvage,<br>
Point d'esclavage ;<br>
Par vos regards méritez nos faveurs ;<br>
Pour qn'une belle<br>
Vous soit fidelle,

Retenez-la par des chaines de fleurs.
Pour nous réduire,
Pour nous séduire,
Au lieu d'amour vous parlez de pouvoir :
Erreur extrême,
Le plaisir même
N'a plus de prix s'il devient un devoir.
Sultan sauvage, etc.

*( Tout le sérail, Baboukin, femmes, esclaves, tout danse,
on force même Mankouf à danser ; on crie en dehors : )*

Au nom du commandeur des Croyans, ouvrez.

# SCENE XV.

Les Mêmes, FONROSE, en Cadi ; Arméniens déguisés en
Janissaires.

TAHER, *qui leur a ouvert la porte.*

#### CHOEUR.

Air *des Fêtes d'Eleusis.*

Entrons sans retard,
On vient ici de la part
Du chef des mahométans.
Et des vrais croyans.

FONROSE.

Saisissons tous ceux,
Qui par leurs ris et leurs jeux,
Dans le jour du Rhamandan,
Frondent l'alcoran.

CHŒUR.

Entrons sans retard, etc.

FONROSE.

Pour agir avec douceur et modération, commençons par
tout confisquer.

MANKOUF, *à part.*
Tout confisquer ! c'est un Cadi.

BABOUKIN, *comme s'il se réveillait.*

Hem ! Qu'est-ce ? De quoi s'agit-il ? On dirait qu'il se
passe ici quelque chose d'extraordinaire. Que me veut cet
homme ?

MANKOUF.
Il vient au nom du Commandeur des Croyans.

FONROSE.

Du Calife et du Grand-Seigneur.

BABOUKIN.

Grand-Seigneur tant qu'il lui plaira ; je suis aussi Grand-Seigneur , moi !

FONROSE.

Surcroît de rebellion.

BABOUKIN.

Il s'échauffe !

GERMAIN.

Proposez-lui de se rafraîchir.

FONROSE.

Qu'aperçois-je ici ? ce fripon de jardinier Maltais , qu'on a surpris colportant des liqueurs bachiques. Vîte en prison aux Sept-Tours et quinze jours de bastonnade.

BABOUKIN.

Je réclame le jardinier.

GERMAIN.

Ne me réclamez pas , Seigneur ; vous courez les plus grands risques en me gardant , et je vous quitte pour ne vous pas compromettre.

( *Il passe du côté de Fonrose.* )

BABOUKIN.

Il aura sans doute un spécifique contre la bastonnade.

FONROSE.

Que vois-je ? Nouveau chef d'accusation ! on m'avait bien dit que je trouverais ici cette jeune Odalisque qui a été destinée au sérail du Calife. Je m'en empare au nom du Grand-Seigneur.

BABOUKIN.

Alte-là , seigneur Cadi ; cette femme et sa suivante sont ma propriété ; je les regarde comme faisant partie
et vous m'offririez des monts d'or , que vous ne les auriez pas.

FONROSE.

Suivez-moi , madame.

BABOUKIN.

Arrêtez ! A moi , Mankouf ! à moi , tous.
( *Il fait signe aux muets , qui apportent des fers en chancelant.* )

FONROSE.

A moi, mes janissaires.

BABOUKIN.

Courons vîte dénoncer le cadi lui-même, qui viole le droit des gens.

FONROSE.

C'est plutôt nous qui vous dénoncerons, vous, qui osez rire, danser et tenir table, quand depuis une heure le jour d'ablution, de jeûne et de Ramadan, est commencé, et qui par ce crime avez encouru l'emprisonnement et la confiscation de vos biens.

BABOUKIN.

C'est comme un nuage qui se dissipe. Je n'avais pas plus songé au Ramadan qu'au Grand-Turc. Je suis un homme perdu, je n'ai plus qu'à séduire le Cadi.

AIR :

Ah ! seigneur Cadi, si l'argent
Tentait votre délicatesse.

FONROSE.

A l'amour, comme un vrai marchand,
Si vous préfériez la richesse.

ENSEMBLE.

Je consentirais à céder,
Sur cette Aline au regard tendre.

BABOUKIN.

Mille sequins pour la garder ;

FONROSE.

Et deux mille pour le reprendre.

BABOUKIN.

Je prends vos sequins et je garde les miens ; c'est cent pour cent de bénéfice : trop heureux de m'en tirer ainsi.

MANKOUF.

Ah ! nous l'échappons belle.

BABOUKIN.

Vous conduirez Aline au Grand-Seigneur, et quand sa Hautesse aura besoin d'élixir de la santé, de la volupté, et du spécifique, le grand Bénarès lui donnera.....

GERMAIN.

Lui donnera du vin de Champagne.

BABOUKIN.

Du vin de Champagne ! C'est du vin de Champagne ! C'est du vin de Champagne que j'ai bu ! O Mahomet ! pourquoi faut-il qu'il n'y ait rien de si bon que le fruit défendu.

*Baboukin.*                                                      E

## VAUDEVILLE.

### CHŒUR.

Honneur à la Champagne.
Le vin de ce canton,
Fait qu'en plaisir on gagne,
Ce qu'on perd en reison.

### GERMAIN.

Souvent un vieillard téméraire
Cherche à courir d'un pied léger;
Et dans la vigne de Cithère
Se flatte encor de vendanger
Un jeune ceps, par sa beauté le frappe,
L'œil en arrêt, le bras presque tendu,
Il croit déjà qu'il va mordre à la grappe
Hélas! pour lui, c'est du fruit défendu.

### MANKOUF.

Pour égayer l'emploi maussade,
De gardien d'un joli bercail;
On me permet la promenade
Dans tous les jardins du sérail.
Rosier charmant, tubéreuse, anémone,
Offre à nos sens un plaisir continu,
Mais pour Mankouf, ainsi le sort l'ordonne,
Pommes d'amour sont du fruit défendu.

### ALINE, *au public.*

Aux premiers pas, dans la carrière,
Par un bonheur inattendu,
A tout le monde, savoir plaire,
C'est, dit-on, du fruit défendu.
Ici pourtant c'est l'espoir qui m'enflâme,
Par vos bontés, ah! qu'il soit soutenu.
Vous savez bien qu'en tout tems une femme
Eut quelque goût pour le fruit défendu.

## FIN.

Dictionnaire abrégé des Mythologies de tous les peuples policés et barbares, tant anciens que modernes, augmenté d'un nombre considérable d'articles concernant les Divinités et les Cérémonies du culte public des Persans, des Scandinaves, des Borussiens ou anciens Prussiens, des Celtes, des Gaulois, des Japonais, des Chinois, des Tartares, etc., qui ne se rencontrent dans aucun autre Abrégé de Mythologie. 2 vol. in-18, imprimés sur grand raisin. 6 fr.

Petit Dictionnaire de l'Académie française, ou Abrégé de la cinquième édition du Dictionnaire de l'Académie, par J.-B. Masson. 2 vol. in-18, gr. raisin, broché. 6 fr.

Élémens de Pyrotechnie, divisés en cinq parties : la première contenant le Traité des matières; la deuxième, les Feux de terre, d'air et d'eau; la troisième, les Feux d'aérostation; la quatrième les Feux de théâtre; et la cinquième, les Feux de guerre : suivis d'un Vocabulaire et de la description de quelques Feux d'artifice, etc. Seconde édition, revue, corrigée et augmentée de nouvelles découvertes et inventions faites par l'auteur, telles que le *feu vert* pour *palmier*, les baguettes détonnantes pour fusées volantes, etc. Par C. F. Rugiéry. 1 volume in-8, orné de 7 planches. 9 fr.

Dictionnaire amusant et instructif, ou Recueil de découvertes, inventions, faits intéressans, événemens remarquables et anecdotes curieuses, par Maugenet. 2 vol. in-12. 6 fr.

Encyclopédie comique, ou Recueil français d'anecdotes, traits d'esprit, bons mots, épigrammes et calembourgs. 3 vol. in-12, portraits. 6 fr.

OEuvres de Molière, 8 vol. in-18, fig. 16 f.

Histoire du général Pichegru, in-12, portrait. 2 fr.

Histoire du général Moreau, in-12, portr. 2 fr.

Esprit du Mercure de France, depuis son origine jusqu'à 1792; ou Choix des meilleures pièces de ce Journal, tant en prose qu'en vers : contenant des anecdotes curieuses, littéraires et politiques; des réflexions morales et pensées philosophiques, des chansons, épigrammes, madrigaux, et autres pièces de poésie; des contes, nouvelles; des dissertations historiques; et des notices biographiques sur les savans, etc. 3 volumes in-8. 15 fr.

Lettres originales de Mirabeau, 8 vol. in-18, portr. 12 fr.

OEuvres de Lesage et Prevost, 55 vol. in-8. 330 fr.

   *Idem*, brochés. 275 fr.

Vie de Malesherbes, in-12. 2 fr.

Vie du duc d'Orléans, in-12, portrait. 2 fr.

Voyage de Candide fils au pays d'Eldorado, vers la fin du dix-huitième siècle, 2 vol. in-8, par Bellin. 6 fr.

Voyages dans l'ancienne France, sous Clovis et Charlemagne, dans les 5e., 6e. et 8e. siècles de l'ère chrétienne; par Ant. Miéville. 2 v. in-12. 6 fr.

Voyage de Samuel Hearn. 2 vol. in-8. 12 fr.

OEuvres complètes de Rollin, 60 volumes in-8, rel. fil. 300 fr.

Voyage du jeune Anacharsis en Grèce, 7 vol. in-8, et Atlas, belle édition. 45 fr.

   *Idem*, 9 vol. in-18. 18 fr.

Voyage de Lapeyrouse, rédigé par M. Millet-Mureau. 4 vol. grand in-4, et Atlas in-fol. 130 fr.

Voyage à la recherche de Lapeyrouse, par Labillardière, 2 vol. grand in-4, et Atlas, in-fol. 70 fr.

OEuvres complètes de Bourdaloue, nouvelle édition ( Paris 1811 ). 16 v. in 8. 80 fr.

L'Envieux et sa Victime, par M. Legai. 3 vol. in-12. 6 fr.

BARBA.

---

IMPRIMERIE DE FAIN, RUE DE RACINE, PLACE L'ODÉON.